원룸 조교님

원룸 조교님 2

초판 1쇄 발행 2023년 10월 1일
초판 2쇄 발행 2023년 11월 17일

지은이	지붕
펴낸곳	(주)거북이북스
펴낸이	강인선
등록	2008년 1월 29일(제395-3870000251002008000002호)
주소	10543 경기도 고양시 덕양구 청초로 66
	덕은 리버워크 A동 309호
전화	02.713.8895
팩스	02.706.8893
홈페이지	www.gobook2.com
편집	오원영, 류현수
디자인	김그림
디지털콘텐츠	이승연, 임지훈
경영지원	이혜련
인쇄	지에스테크(주)

ISBN 978-89-6607-470-9   04810
       978-89-6607-468-6   (세트)

이 책에 실린 글과 그림은 저작권자와 맺은 계약에 따라
일부 또는 전부를 무단으로 싣거나 복제할 수 없습니다.

유어마나

차례

15
짝사랑

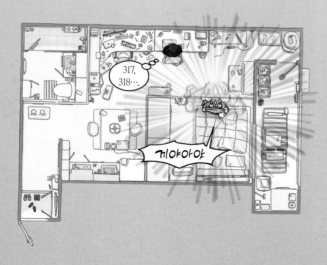

네 고백을 듣고

그런 형이
좋아요.

가장 먼저 든 생각은

? 뭐라는
거야?

이 새끼.

였다.

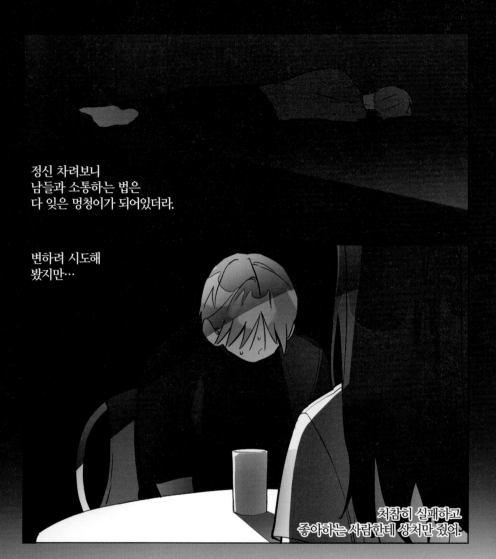

정신 차려보니
남들과 소통하는 법은
다 잊은 멍청이가 되어있더라.

변하려 시도해
봤지만…

처참히 실패하고
좋아하는 사람한테 상처만 줬어.

그 뒤로도 계속
도망치고 숨고 외면하고,

아, 나란 인간은 평생
이렇게 살다 죽겠구나, 싶었는데

네가 나타난 거야.

얼빠진 놈이었지만 얼굴은 이뻤지….

순전히 변덕으로.

집을 떠나고 싶어서.

보이즈 러브라. 뭐야, 남자만 둘이지 그냥 순정 만화잖아?

19금?

순정 만화가 야해봤자지….

호기심으로.

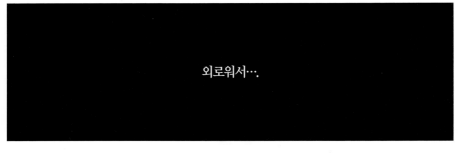

외로워서….

대인기피증? 아주 가지가지 하는구나.

네가 그러니 또래에 못 끼고 하자 있는 취급을 받는 거야. 기껏 멀쩡하게 낳아줬더니….

누구라도 만나 한심한 날 바꾸고 싶어서.

그리고…

이렇게
멀쩡한 애가 날
좋아한다고…?

나 괜찮아
보이는구나!

제대로 정상인
행세하고 있구나!
다행이다…!

말하기 부끄러운 추잡한 마음….

그런 이유들로
너와 만나기로 한 거야.

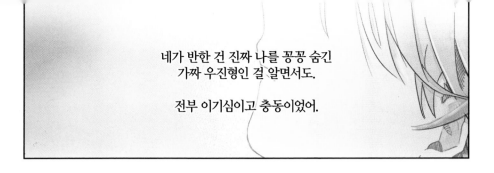

네가 반한 건 진짜 나를 꽁꽁 숨긴
가짜 우진형인 걸 알면서도.

전부 이기심이고 충동이었어.

내가 정말 싫어하고
지워버리고 싶은 내 본성을

방방이다!
방방 타자!

큭… 안 돼,
나오지 마!

타고 싶어!
너도 타고 싶잖아!
가서 백 덤블링으로
기선제압하자!

소용없어,
우린 가봤자
입구컷이야!

조금이라도 튀어나올까

억누르고 감추고 숨기다가

이제 완전히 없애버리기 전에

맘껏 표출할 적당한
대상을 찾았다 싶었어.

…네 환상을 깨버리고 싶기도 했고.

알겠어? 우윤아,
난 굳이 네가 아니어도 됐단 말이야.

네가 특별한 게 아냐.

그냥 누군가가 필요했고
마침 다가온 게 너였던 것뿐이야.

그러니 네가 올라탔을 때
내가 얼마나 놀랐겠어.

로망이니 마음의 준비니
되지도 않는 헛소리로
그런 분위기를 넘긴 것도

너와의 관계로 실컷 내 이득만
보면서 시간을 끌다 비겁하게
없던 일인 척 헤어질 생각이었어.

아~ㅋㅋ 남자랑도
사귈 수 있겠다 싶었는데
역시 아니었다.

개짓거리였어.
미안, 헤어지자.
쏘리~!

널 놀리는 게 너무 즐거워서
필요 이상으로 심취해 버린 건
예상 밖이었지만…

우윤아, 난
널 이용한 거야.

처음부터 널 좋아하지도 않았어.

미안하단 말은 안 할게.
너도 본성을 숨길 대로 숨긴
가짜인 날 보고 반한 거니까 퉁치자.

그냥 여러 이유로 네가 필요해서
떡 줄 생각도 없이 네 알맹이만
쏙 빼먹고 내뱉 생각이라고!

그렇게 누가 잘 알지도 못하는
이상한 사람한테 환상만 덕지덕지
씌워서 냅다 고백하래?
넌 정말 이상한 놈이야….

그래서 비겁한 놈한테
실컷 농락당하다
버려지는 거야!

그런데…
그때 왜 먼저
뽀뽀했지?

이건… 어쩔 수
없는 일이었다.

우유니의 충격 행위를 보고
너무 민망하고 당황한 나머지
참지 못하고 그 미친 분위기를
벗어나려 한 행동이었다.

…이때는?

기분 상해 보여서?
그렇다고 남자애한테
뽀뽀까지 하나?

애초에 왜 그렇게까지
애 감정을 신경 쓰는데?

이는 철저히 의성에 따라
감행한 최선의 선택이었기에
후회하지 않는다.

왜 아빠 전화를 받고
우윤이를 참을 수 없이
껴안고 싶어졌을까.

…아, 몰라!

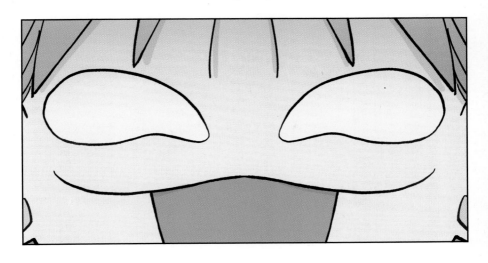

또 장난기가 발동해서 미친 짓 한 거겠지!
다 우유니 잘못이야.

어디 한번 엿 먹어 보란 심산으로
내 본성을 다 보여줬는데
너는 날 다 알면서도

뭐가 좋다고
웃어줘?

이런 내가
뭐가 그렇게
좋아?

어떻게 그런…
닭살 돋는 말을 하냐?!

네가 그러니까
나도 모르게 너한테는
더 제멋대로 굴잖아!

네가 원하는 건 그런 내가 아닐 텐데….

후… 내가 그럼 그렇지. 그만 심취하자.

이럴 줄 알았으면 처음부터 시작도 하지 말걸….

아니다, 그래도 요즘 사람 대하는 게 많이 편해지긴 했지.

이렇게 못 참고 오버하면 나중에 적당히 끊어내기 더 어려울 텐데.

우윤일 상대하면서 자연스레 다른 사람들 대하는 법도 다시 감 잡은 것 같은데.

다시 생각해도 송우윤은 내가 변할 수 있는 최적의 계기였어.

대하기 편한 동성에 연하.

거기다 날 좋아한다고 생각하니까 훨씬 만만했지.

사회에서 도태된
바보인 나한테 반한 더 바보.

어차피 끝날 관계니 내 본성을
맘껏 드러내도 괜찮은 녀석.

구조는 구려도 넓고 학교와 거리도 있어
부모님이 찾기 쉽지 않은 집까지.

네가 콩깍지가 단단히 껴서
환상과 진짜 나를 혼동하는 동안
나는 너로 자존감도 채우고

널 연습 상대 삼아 사회성을 회복해
제 몫을 하는 인간으로 거듭날 거야.

그리고 우유니랑은 바이바이 하는 거지!

씨익 一.

육신

뭐... 뭐어—가 '육신'이야잇!

끼야아악, 스트레스 받아!!

살판났지, 우진형? 네가 지금 이런 거 신경 쓸 때냐? 대학원만으로도 죽겠는데!?

…긍, 그래….
우리 슬개골 탈구에도
좋겠군.

그렇죠!

착하다.
형 들어가면
노이즈 캔슬링하고
500 세고 있어.

네!

탁!

……

우…

물론 네가 귀엽고 사랑스럽긴 하지만…

그건 그뿐이야! 사랑하는 건 또 다른 문제라고!

넌 내 가짜 모습에 반했고 난 쓰레기 같은 속셈으로 널 만났어.

우린 둘 다 시작부터 글러먹었어! 최소한 챙길 것만 챙기고 헤어질 거라고!

16
미련

왜 혼자 있어?
다른 애들은?

…담배.

다른 남자애들은
영 유치해서
못 놀겠지?

아마 여기서
내가 제일 유치할걸.

너,
지루해 보여.

아냐, 그냥 못 끼는 거야.

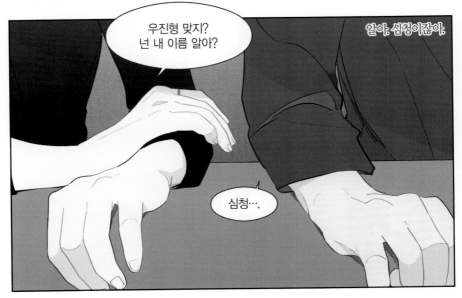

우진형 맞지?
넌 내 이름 알아?

알아. 심청이잖아.

심청…

청이 아니라
청아야.

성이 심,
이름이 청아.

그래, 알았어. 이제 그만 가주라.
과 애들 다 있는데 여자애랑 둘이
있으면 괜히 엮으려 든다고.

......

...응...

너 현역이지?
20살?

......!

...응...

난 삼수했어.
내가 누나네.

내가 왜
너한테
왔는지 알아?

......

너 나
싫어해?

......?!?
...아니...!

그럼 나 좀
봐봐.

넌 아래만
보느라
몰랐지?

난 아까부터
너만
보고 있었는데.

누나…!

미안해, 누나.
내가 다 잘못했어.

누나한테 용서받고 싶어.

내가… 제대로
대화도 못하고

누나가 준 만큼
표현도 못해서
미안해.

솔직한 날
보여주는 게 힘들었어.

난 사실 누나가 좋아하는
조용하고 어른스러운
우진형이 아니라

누나를 실망시킬까 봐
무서웠어.

형⋯⋯
형⋯⋯

우, 우유?
우윤이? 가 왜?

이 가녀린
어깨와 허리는
분명 누나인데.

뭐야,
징그러!

형도 절 좋아하고
있었다니… 기뻐요.

너 아냐, 인마!
누나 어쨌어!
너 몸이 왜 이래!

너 고추
어디 갔어!

어디 있긴요…

45

여기·있잖아요.

뭐?

응어?

꺄아아아
아아아악

으아아, 뭐야.

으아아아악

형, 왜 그래요?
악몽 꿨어요?

으아아아아
아아아아무것도
아니야….

거짓말
하지 마세요.

괜찮아요?

맞아, 악몽이야.
교수님이
논문 주제
갈아엎으래.

형, 그건
꿈이 아니라
현실이잖아요.

48

형, 괜찮아요.

졸업할 수 있어요.

다 괜찮아질 거예요.

형 잘하잖아요. 걱정하지 마요, 저도 도와줄게요.

공부에 방해되는 조교 업무 잡일은 저 다 주세요.

제가 해줄 수 있는 건 다 해줄게요.

응….

고마워….

조교님, 프로그램 설치 끝났어요.

설치가 완료되었습니다.

Yes

음란물 중독은 무섭구나.

네?

도와줘서 고마워, 승희야. 커피 마실래? 사줄게.

와ー!

아이스 아메리카노 두 잔 나왔습니다ー

조교님, 감사해요. 잘 마실게요.

아무것도 아냐.

후….

답도 없는
음란물
중독이다.

호기심으로 보기
시작했다가 그걸로
우유니를 놀리는 게
너무 재미있고

무엇보다
자극적이니까
계속 보게 됐어.

그러니까 정신이
처나가서 그런
개꿈이나 꾸고 앉았지!

이래선 안 돼.
음란물을 멀리하고 건강한
정신을 가진 멀쩡한 인간이 되어
사회에 이바지해야 한다.

발개진 순이가
...애달프게 신음했다.
"오오, 영감, 내 마치
천당에 온 것 같아...

공공장소에서
야한 소설을....

그렇지 않으면
저런 사람이
되고 말겠지.

사주신 거 송구운한데
자랑해도 돼요?

그래.

안 그래도 난 이미
충분히 이상한 인간인데
더 맛 가면 안 돼.

끊어야지.

성인물도

누나에 대한
미련도

우윤이를 향한
애매한 감정도.

엇, 이 작가
신작 나왔네.

이 작가 작품
주인공들은 묘하게
우유니를
닮았단 말이지.

…이거까지만
볼까.

구매

17 상황극

드르륵

탕

어이,
송 조교.
살판났네?

앗,
깜짝이야.

이 우 교수는 불금에
11시까지 연구실에 있다 왔는데
송 조교는 드러누워 있다니…

엇? 아…! 교수님, 죄송합니다!

쿵!

벌로 실습용
LB 배지 500개
만들겠습니다!

왕!

우 교수

짝!

그래! 끝나면
실험 수업 학부생들
뒤처리도 하도록!

*LB 배지: 미생물이나 세포를 증식시키는 영양원.

아, 웃기다.

고생하셨어요, 우 교수님.

내일도 연구실 나가세요?

아니, 교수 내일은 쉬어.

크큭… 상황극 이거 재밌네.

앗, 그럼! 그럼 저도 교수 해볼래요!

해봐.

흠!

상황극 빌미로 형한테 자연스레 반말을…!

보는 속도도 내가
극단적으로
조절할 수 있고

시끄러!

권당
10분 컷.

현대 사회 노예가 하루 종일
구르고 와서 집중력도 떨어지고
낡고 지친 상태로 즐길 수 있는
콘텐츠가 많은 줄 알아!

적당히 높은 수위로
자극적이고
해피엔딩이 정해져있고

우진형 기준

작중 최대 고난은 쟤랑 사귀고 싶은
거라 감정적 소모 없이 1, 2권 안에
끝나는 콘텐츠 찾기 쉽지 않아!

구매 X

구매 O

그리고 내가 처한 상황과 비슷한 내용도 있어 참고도 되지.

이 모든 교수와 학부생이 보는 앞에서!

와아.

김 조교님! 전공필수 강의에서 이렇게 고백할게요! 조교님을 사랑해요!!

김 조교님 저랑 사겨주세요

김 조교가 누구야?

너 뒤에. 작년에 졸업하고 대학원 간 선배.

아니. 만화는 참고하지 마세요.

이상한 짓을 많이 한다 싶더니.

됐고. 계속해 보자. 상황극.

심심하다고.

두근···

탁

탁

난 교수고
넌 허술한 논문 디펜스하는
석박통합 7년 차야.

자, 시작해.

학부생한테 뭘
시키려는 거예요?

관련 지식이
없어서 못 해요!
그런 상황극.

음, 그럼…

넌 재수생이고
난 입시 학원
선생인 거야.

커플 상황극의 알콩달콩함은??
형 그냥 절 괴롭히고
싶은 거 아니에요?

딱 들켰네.

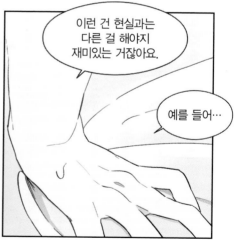

이런 건 현실과는
다른 걸 해야지
재미있는 거잖아요.

예를 들어…

음….

눈치ㅡ‥

흥미롭네.

형…
'형아~♡'
해봐,

진형아…

악, 깝쳐서
죄송해요.

딱콩

딱콩

개겨서
죄송해요.

아기.
같이 중고등학교도
못 다녔을 나이 차로
까불지 맙시다. 3살.

아기에게 꿀밤을
먹이는 건 되나요.

다른 거 해,
다른 거.

어….

형아는 안 되고….

그럼,

오빠…?

아연이한테도
들어본 적 없는
말이라 어색하네요.

그날 밤은 늦게까지
잠이 오지 않았다.

어,
개운하네.

? 뭐야.

저기요,
아까부터 지켜봤는데
제 스타일이셔서요,

전화번호 좀
알려주실 수 있나요?

뭐야아~?

피니

웃겨, 아주~.

배닥

배닥

좋아할 줄 알았어.

이걸 어쩌지~? 내 번호는 비싼데.

내 번호는 사적으로 아는 사람이 열 명도 안 되거든.

그건 형이 아웃사이더라….

어라라?

형아 주먹이 우유니 입술이랑 뽀뽀하고 싶대용~.

죄송해요.

그러지 말고 잉스타 아이디라도 알려주세요~.

아, 어쩔까~.

어?

?

어어어~~?

왜… 왜요?

혹시… 아이돌 아니세요?

맞네! 웁시굽시!

대박!

빰

톡톡

웁? 뭐요?

네에??

인기 아이돌
웁시굽시 맞죠!

네?

아무
사진

본명 송우윤. 23세.

인기 아이돌 그룹
Crispr Cas 9의
막내이자 리더로

중국과 일본 혼혈의
제주도 마장동 출신
미국인 멤버.

랩을 맡고 있고
특기는 보컬인 메인 댄서
웁시굽시 맞죠.

그게 뭐예요?
무서워요.

18
구속

어이쿠,

우수수...

퍄닥

실수~!

죄송해요~.
무거운 거 옮기다 그만.

너덜...

......

거기 있는지
몰랐어요.

탁

탁

존재감이
없어서 그런가!

이 비실이가…

이건 내년에
신입으로 들어올
예정인 인턴.
이름 모르고, 25살.

나랑 달리 바로
적응해 연구실에서
한 자리 꿰찼다.

아~ 전
이제 그냥
대학원생이죠~!

형, 누나~!
잡무
저 주세요~!

나랑은 아직
대화 한마디 해본 적 없는데….

어쩐지… 얼마 전부터 마주치면

뭐? 정말?

기분 나쁜 짓을 하는 놈이다.

계속 신경 쓰이게 하더니…

이제 본격적으로 시비를 거는 건가?

읏~ 차!

아, 저기요.

유치하긴.
무시하자.
말 걸지 마, 빼질아!

행정실 조교
일은 좀 어때요?

진~ 짜
편하죠?

집을 나와서
생활비가
필요했으니까…

사정이
이렇습니다.

흠, 그럼 '행정' 조교
자리가 괜찮은데.

그래서 난
우진형 씨가 돈이
궁한 줄 알았지.

울컥

근데 내가 교수님
방에서 우연히
그쪽 이력서를 봤는데,

우진형 씨
XX동 트레오닌 아파트
살더라?

깐
뚝

꾹…

아오, 씨.
이걸 확 그냥.

짜증 나네.
이 새끼 왜 이래?

거기 엄청 비싼 데지?
판검사랑 의사들만
산다던데, 진짜야?

우득..

그쪽?
이 싸가지
없는 게.

지는 어차피
인턴이라 행정 조교
못 하면서
왜 저 난리지?

와~ 원래 부자들이
더 악착같다더니
내가 직접 보는 건 처음이라
신기해서 그래.

아니, 웃기잖아.
남들은 뭐 돈이
넘쳐나서 행정 조교
안 하냐고.

조교 핑계로
연구실 일도 안 하는데
그 시간에 뭐 해?
서민 놀이?

승범이 형한테
미안하지도 않아?

이건 어디 거야?
그렇게 모아서
뭐 입는지
나도 좀 알자.

획

하고 있어요,
연구실 일.

탁

아, 그러셔?
남들 몰래
뭘 하시는데?

젠장, 내가 말을 안 해서 그렇지 나도 그 착한 우유니가 삐질 만큼 바쁘다고!

그걸 제가 왜…!

울컥

이 자식이 뭘 안다고 떠들어!

둘이 뭐 해?

별일이네.

꾸악

승범이 형!

둘이 언제 이렇게 친해졌어?

질투 나라~.

아녜요, 형!

이 인간…

85

얘들아, 형이랑 커피 하려 가자~

형, 저도요!

오빠가 쉽니다~!

와~!

직장 다니다 왔다 그랬지. 29살로 신입 중 최연장자고

성격도 좋고 성실해서 애들도 잘 따르고 인망이 높은 사람이다.

꾸욱...

겉으로는.

"준형 씨."

섭섭하네. 나랑도 친하게 지내요~.

개자식. 처음엔 실수인 줄 알았는데

오, 진수 씨! 커피 마실래요? 사줄게.

아뇨.

우진 씨! 오늘 춥지? 핫팩 줄까? 나 많아~.

아니오, 괜찮습니다.

이쯤 되면 모르는 게 더 이상하다.

씨익

나잇값 못하고 속 좁은 멀대.

승범이 형한테 미안하지도 않아?

히

죽!

뭐야,

지 거 같았던 편한 자리 빼앗겨서 아니꼬운 대장이랑

옆에 붙어서 꼬리 치는 따까리네.

이 돌대가리들이. 너무 뻔해서 웃길 지경이다.

멍청한 것들은 상대 안 하는 게 답이지. 더러워서 피한다, 내가.

지훈 씨?

와, 형 말 개무시하는 거 봐라!

나이 처먹고 저게 뭐 하는 짓이야. 수준 안 맞아서 진짜…

그래, 진성이고 등신이고 니들 맘대로 불러라.

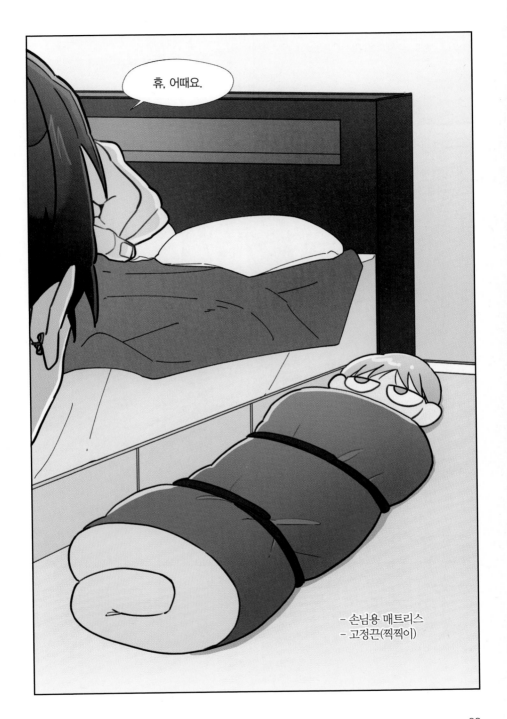

마음에 드세요?

......

주륵─

형!
못 움직이겠어요?
바로 풀어드릴게요!

아냐.

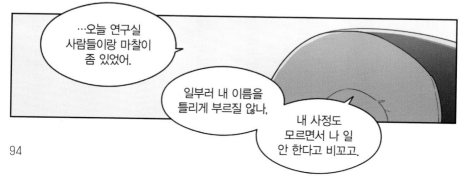

...오늘 연구실
사람들이랑 마찰이
좀 있었어.

일부러 내 이름을
틀리게 부르질 않나,

내 사정도
모르면서 나 일
안 한다고 비꼬고.

그래서 이상한 짓 하고 자극적인 기억으로 덮어버리려고 했는데

이렇게 포근해지니까 서러운 게 올라오네.

형...

쑬..

쑬..

너도 눈치챘겠지만 내가 부모님이랑 사이가 원만하지 못해.

아버지 부재중 15건

......

손 벌리지 않으려고 교수님께 따로 부탁드려서 행정 조교도 하고

우진형 군 영어 잘하지?

교수님께 일도 소개받고 했어.

교수님이 내 사정 많이 봐주신 것도 맞아.

류 교수님이 강의 자료 번역할 사람 구한다는데 어때?

그래도! 나도 일 잔뜩 하는데!

어머, 깔끔해라.

우리 연구실 쏠 자료랑 논문도 진형 군이 하면 되겠다.

하는 김에 매주 PPT랑 논문 피겨도.

?!

많나?

동기들한테 말해서 나눠 해요~.

내가 찌질하게 동기들한테 도와달라 말도 못 하고 미련하게 일하는 건 맞는데!

95

뭣도 모르는 애한테 그런 말을 들으니까 너무 화나….

그런 일이….

연구실분들과 한번 제대로 대화해서 푸는 게 어떨까요?

대화아~~?!?

그 새끼들이 이미 날 제멋대로 생각하고 아니꼬워 하는데 뭔 대화?!

걔들한테 내 가정불화나 개인 사정 알리고 싶지도 않아!

죄송해요. 진정해요, 형.

젠장~, 학교 가기 싫어. 이대로 착하고 이쁜 우유니랑 이러고 살래.

속상한 형
걱정만 하기에도
부족한데

…형, 저
하나도
안 착해요.

억억억

형이
맘 약해져서 한 말에
설레하고….

사람들이 왜 좋아하는 사람을
꽁꽁 묶고 싸매고 싶어 하는지
조금 알 것 같아요.

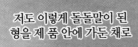

저도 이렇게 돌돌말이 된
형을 제 품 안에 가둔 채로

이대로 시간이
멈췄으면 좋겠어요….

삐삐삐삐

따!!

따!

따!

우윤아,
이거 풀어라.

Z
Z
Z...

형 출근해야 돼.

19
한 단계
위로

진성 씨, 내일 시간 괜찮아?

미생물학 실험 강의 조교 들어가야 하는데 내일 내가 급한 일이 생겨서 못 들어갈 것 같아.

혹시 진혁 씨가 내일만 들어가 줄 수 있을까?

너 죽일 거라 바쁜데.

무슨 일이시죠.

꽈악..

아주 지 맘대로 부르네. 응응, 그래. 승카무라 범스케야.

나도 내 맘대로 부를란다.

아직 학부생인 이석이를 시킬 수도 없고,

학기 말이라 실험 큰 건 다 끝나서 별거 없어.

하ㅡ….

나는 뭐 노냐?

나도 내 연구 해야 하는데.

교수님께 여쭤보니 마침 진혁 씨가 내일 조교 쉰다고 하길래.

애들 현미경 보는 거 도와주고 보고서만 좀 봐주면 돼.

윤아도 있고.

큰 일은 윤아가 다 할 거야. 뒤에서 못 따라가는 애들만 좀 도와줘.

......

부탁이야.

어머니가 편찮으셔.
내가 꼭 가봐야
해서 그래.

…알았어요.

정말
고마워!

내가 다음에
밥 살게.

덕분에
살았어.

네, 뭐….

내가 꼭
보답할게.

우진 씨!

후… 첨부터 맘에 안 들었어. 그놈들.

? 형, 귀는 저도 뚫었는데요?

너랑 같냐? 넌 이쁘게 생겼잖아.

?

실실 웃는 얼굴로 친한 척 굴고,

그 따까리는 남자 놈이 요란하게 귀걸이나 하고.

그리고 뭐, 어머니가 편찮아?

탁.

그것도 진짠지 모르겠다. 어머니가 아프시다는 와중에도 나 엿 먹이겠다고 진성이니 뭐니 하는데.

내일 일 빼고 지금쯤 술이나 처마시고 있는 거 아냐?

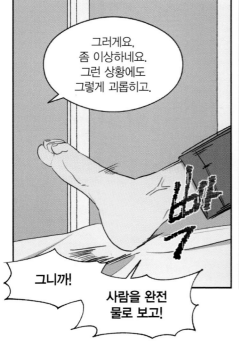

그러게요, 좀 이상하네요. 그런 상황에도 그렇게 괴롭히고.

빠직

그니까!

사람을 완전 물로 보고!

까닥

하, 그런 식으로 사니까 회사에 적응 못 하고 그 나이 처먹고 신입으로 들어온 거겠지.

그 자식, 석사 따면 빨라도 서른 훌쩍 넘을 텐데.

나이만 먹고 사내 괴롭힘이나 하자 있는 인간을 누가 써주냐?

인생 말아먹은 쓰레기가!

아.

너 같은 쓰레기를 사회가 필요로 할 것 같으냐?

어… 저 씻고 올게요. 이제 슬슬 자요.

……

…아까 내가 한 말 별로였지.

어, 음.

별로라기보단 너무 신랄해서 조금 놀랐어요.

…….

아까 내가 한 말들,
아버지께 늘
듣던 말들이야.

나이로 압박하고,
학벌이랑 재산으로
급을 매기고,

아버지 기준에 못 미치면
사람을 인생 망한
실패작 취급하고.

아버지의 그런 점이
끔찍하게 싫었어.

그런데 아버지의 싫은 모습이
아까처럼 나한테도 문득문득
튀어나오는 거야.

인생 실패라느니,
쓰레기나
패배자라는 둥

아버지가 입에
달고 살던 말이었는데.
그 말에 평생을
시달려놓고….

내가 똑같이 남을
함부로 평가하고
매도하고 있네.

아까 네 당황한 반응을
못 봤다면 지금도 그게
부끄러운 줄 몰랐을걸.

자식은 부모를
닮는다더니,
나도 결국 그런 사람이
되는 거겠지.

하긴, 평생 보고 배운 게
아버지 모습이니까.
콩 심은 데 콩 난다고,

음… 아뇨!

아버지가 바라는
그 모습 그대로인
인간이 되겠지.

전 부모님께서 저
식당 물려주신다고
어릴 때부터 요리
시키려고 하셨어요.

빠우!

아버지처럼
요리사로 키운다고
학원도 보내시고

집에서도
밥상 맡기시고.

그런데 전
여기 왔잖아요.

저 대학 진학할 때
아버지가 해주신
말인데요.

원래 부모가 아무리
안간힘을 써도 자식은
부모가 원하는 그대로
자랄 수 없대요.

아무리
어릴 때부터
꽁꽁 옭아매도

이대로
자라!

사람은 커가면서
부모님이 채워주지 못한
부분을 채워줄 사람을
만나게 되니까.

집을 벗어나
더 넓은 세상에서
다양한 사람을 만나고
많은 것을 겪어보면서

결국은 자신이
원하는 방향으로
변하게 되겠죠.

전에 동기분들이랑
한번 대화로 풀어보라고
했던 것도 그래서였어요.

쿵

형은 아직
교류하는 사람이
많지 않잖아요.

시작이
좋지 않아도

어쨌든
앞으로 함께할
사람들이니까

사이가 개선된다면
그분들도 형의 세상을
넓혀줄 수 있겠죠.

제가 그중 가장
많은 부분을 차지하도록
노력할게요.

형?!

잠깐
이러고 있자.

네, 형…!

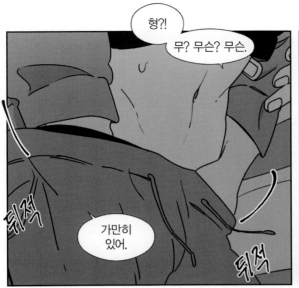

형?!

무? 무슨? 무슨.

가만히 있어.

움직이면 땅콩 똑 떼다가 드리블 한다.

히에엑, 네!

으아! 형이 내 걸… 이건 꿈인가?

하아

하

두덕 두덕

아아! 라쿤 카페 온 것 같아!

20
변화의
시작

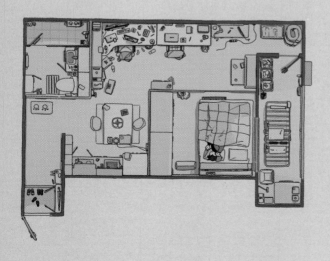

...이상하다.

꿀...

평소에 혼자
하는 거랑 크게
다른 것도 없는데

형 손이라는
것만으로...

이렇게… 다를 수가 있나?

아….

흑, 형….

하….

127

…젠장, 얘도 범스케가 나 이름으로 엿 먹이는 거 아녜.

응

…미안해요, 은하 씨.

편하게 은하라고 불러요, 진형 오빠!

네….

과실 앞

둥이!

우윤인 그렇게 말했지만

군이 내가 먼저 시비 건 놈들한테 다가갈 필욘 없다고 생각해.

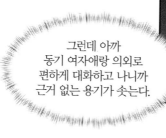

그런데 아까 동기 여자애랑 의외로 편하게 대화하고 나니까 근거 없는 용기가 솟는다.

60억은 가장 넓은 평형이고
우리 집은 그 정돈 아니라고!

으서적ㅡ.

그리고 나 일해, 연구실 일
한다고 새끼들아~! 네놈들
눈앞에서 안 해서 그렇지 다 해!

뿌득..

그럼 그렇지,
풀긴 뭘 풀어?

이익..

이것 봐, 우운아, 이딴 놈들이랑
무슨 놈의 대화를 하겠냐?

콰앙..

역시
이놈들하곤
두 번 다시!

무슨 소리야.

진석 씨 행정실
일 하면서 여기 일도
다 하고 있잖아.

외부 강의자료 번역하고
PPT 만드는 거 대부분
진석 씨가 하는데, 몰랐어?

네?

어, 그래요?

몰랐네.

맞아! 교수님이 저번에 너네 준 논문 초록들 번역한 것도 진형 오빠잖아.

그래, 은혜 말이 맞아.

헉, 몰랐어요.

그리고 건방지다더니, 아까 말해보니까 그냥 평범하던데?

좀 얌전해서 그렇지.

집이나 행정실에서 할 수 있는 일들 위주로 하던데

사정이 있는지 교수님도 말씀 잘 안 해주셔서 요셉인 잘 모를 수 있지.

그래도 그렇지, 그렇게 맘대로 추측하면 어떡해. 진혁 씨 본가 아파트 가격 얘기는 왜 또 나오고.

그래~! 뭐 하냐!
매매가 검색해 본 거야?
우웩이다, 진짜.

아냐! 너튜브에
연예인 집으로 떠서
아는 건데···!

뭐야.

은~ 하?
은혜? 윤아?

저 여자앤 그렇다 쳐도
범스케 저 인간은
왜 날 변호해?

무슨 속셈이야?
갑자기
멀쩡한 놈처럼.

난···.

인생 말아먹은
쓰레기가!

꿀썩···

핫

달칵

엇.

이런, 진성 씨!

줄행랑.

지성 씨!

이름이나 똑바로 불러, 범스케야!

준형 씨, 잠깐만!

악! 젠장, 이 멀대가!

너도 이리 와.

이 녀석이 들어온 지 얼마 안 돼서 오해를 한 모양이야.

진석 씨랑 대화할 기회도 없었고.

그렇다 해도 사실도 아닌 일로 험담하고 다닌 건 잘못이지.

......!

지금 대화하고 싶지 않은 거 다 이해해.

하지만 앞으로도 계속 마주칠 사이에, 풀 건 풀고 가자.

읍…

죄, 죄송해요. 제가 멋대로 추측하고 형 함부로 안 좋게 말하고 다닌… 거.

제가 퍼뜨린 헛소문 책임지고 다 풀고 다닐 거고… 앞으로 정말 두 번 다시 이런 짓 안 할게요.

정말 죄송합니다.

그리고 중혁 씨도.

외부 강의 관리 혼자 다 하고 있지? 무리하지 말고 좀 넘겨줘.

우리도 그 정도 여유는 있으니까.

네, 네, 그래요! 형! 저한테 다 넘겨주세요. 제가 다 할게요.

대학원 생활도
다 망쳤다고
생각했는데…

21
소원

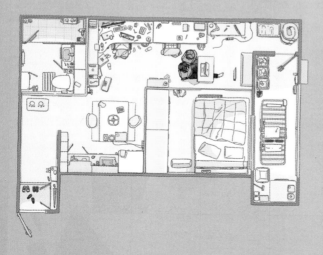

달칵

달칵

달칵

달칵

금학기 성적조회   전체성적조회

> 성적 > 학생 > 전체성적조회

유전체학	전공		3		B+
및 실험	전공		3		B-
생물학	전공		3		C+
생물학2	전공				

달칵

달칵

흐, 허억…! 쓰렉…! 읍.
우유니, 혹시 졸업 후
다른 진로가 있나?
학원 강사라든지…。

2.9

네? 아뇨! 아직은
없는데 이왕이면
전공 살리고 싶어요!

이번 기말 잘 봐서 A 3개 딸 거야!

되겠냐?

기말 2주 남았어.

실험 과목은 A 50%니까 가능성 있지 않아?

네 보고서 일기장이던데.

그럼 나 노트 쓰는 것만 좀 도와주라. 부탁이야!

내가 밥 살게, 응? 나 이번에 꼭 성적 올리고 싶어!

그리고 이번 학기는 잘만 하면 A 3개 정말 가능해!

되겠냐?

아직 기말도 남았고 다음 학기도 있고! 노력하면 3.7은 될 거야!

승범이 형...♡

연구실 오겠다는 인간이 학점 3.5를 못 넘겨?

아, 아니, 혀엉~!

괜찮아— 이미 우리 식군데.

인턴을 했어도 입학은 또 다른 얘기죠.

유능한 인재가 컨택 오면 인턴 좀 했대도 너부터 떨굴걸?

괜찮아, 괜찮아!

종양생물학이랬나?
형이 속성
과외해 줄게.

형아아…

저쪽도
형 노릇 한다고
고생이 많다.

같이
파이팅 하자,
요한아!

으흐흐흑.

우유니도 재도
이번 학긴 글렀지.
2주 남기고 무슨.

형, 저
이삭이! 배이삭!

아!

우유니도 정말로
당장 A 3개를
맞아오라고
한 말이 아냐.

사과는 아삭아삭.
저는 이삭이삭.

아아~!

탁.

우유닌 쟤랑 달리
아직 2학년이니까 학점
올릴 기회도 많고.

나도 방학 동안
그 녀석
과외라도 해줄까.

그럼 적어도 졸업 후에
나쁘게 헤어져도
내 덕에 학점이라도
건졌단 생각은 들겠지.

이삭, 이삭.

알지, 알지.

149

나쁘지 않은 학점으로
졸업만 시켜야지.

우유니는 전공을
살리지 않더라도
할 수 있는 게 많으니까.

오버핏 롱코트
(3 colors)

☆☆☆☆☆
사장님이 맛있고 친절해요.

예쁜 말만 하고 착하니
어디서든 사랑받겠지.

형, 저 졸업할 때
3.7 넘으면
소원 들어주세요!

이놈이랑
다르게.

그럴까?

미쳤냐?

과외받는 건 너야.
무슨 딜을 걸어.
저 형이 네 아빠야?

나랑 함께한 시간이
그 녀석한테 조금이라도
도움이 됐으면 좋겠어.

범스… 형,
실험이나 하세요.
이런 데 시간
뺏기지 마시고.

아! 승범이 형이
괜찮다는데
형이 왜 그래요!
진짜 이상한 형이네!

헤어진 뒤에 날 원망하는 감정이
조금이라도 희석될 수 있게…

자기야! 지금 나 갖고 놀다가 버리는 거야?!

오해야. 윤승희는 엔조이고 본처는 너야.

진짜?♡

미쳤나…. 사람들 보잖아. 조용히 해.

울 쟈깅~.

하하, 이 아기 고양이.

잘들 논다. 이거 찍어서 너네 남친한테 전송한다.

하하하.

쟤네 남친 있는지 몰랐으면 진짜 둘이 사귀는 줄 알았을 거야.

여자애들은 저런 장난 잘 치더라.

남자들도 잘 치잖아.

너도 조교님이랑 저러고 놀잖아.

151

전에 보니까
근로학생실에서
둘이 그러고 놀던데.

형. 둘만 있는데
손잡고 있어요.

우유니 저기
수의대 가서
중성화하자.

조교님이랑
있네.

아… 아!
형이 의외로
장난을 좋아해서…!

히익.

뭐야, 조교님
송우윤이랑
놀아도 주셔?

조교님
착하다.

이건 형한텐
절대 말하지
말아야지.

우리 학교에서
눈 마주치면
네 눈알이랑 불알
바꿔 끼는 거다?

아, 나 고등학생 때 이렇게 장난치다 한 명이 진짜로 사귀는 줄 알고 난리 난 적 있었어.

둘 다 여자애였는데

둘이 여보 자기 하면서 뽀뽀도 하고 한쪽은 완전 진심이었고 남이 봐도 진짜 같았거든.

승지 너무 멋쪄. 나랑 사귀어.

좋아!

승지은 내 거거든? 그지, 자기야~.

당근이지!

그렇게 거의 100일이 돼가는 때에 알게 된 거지.

승지야! 나 할 말 있어. 둘만의 비밀!

뭔데?

153

나 남친 생겼다?

다른 쪽은 그게 전부 농담이었던 걸.

꺅! 너한테만 말하는 거야!

아니, 그걸 모를 수가 있나?

헐, 내 남친도 알고 보면 나랑 장난으로 사귀는 거 아냐? ㅋㅋㅋ.

당한 쪽만 불쌍하다.

ㅋㅋㅋ

ㅋ

ㅔㅔㅔ헉

끼끼끼끼

ㅋ!

그래도 성인씩이나 돼서 그렇게까지 장난치는 사람이 있겠어?

근데 헷갈릴 만했어.

둘이 키스도 했댔거든.

히익, 말이 되나. 제정신이야? 농담으로 그게 돼?

글쎄… 뭐, 어릴 때였으니까.

22
키스

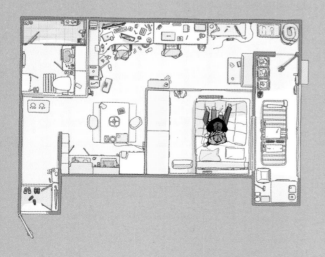

꼭 해내서
형의 마음을
확인할 거야!

그러는 동안
우진형도 끝내주게
열심히 살았다.

정말 열심히 살았다.
우진형이 들어줄
소원을 위해.

누구처럼 소원 들어줄
형이 있는 건 아니었고
그냥 그렇게 살아야 했다.

그렇게 2주가
흐르고…

덜기

덜기

종강 날

한 학기 동안
수고하셨습니다~.

끝났다….

끄으으….

마지막
시험(교양)
끝.

아.

은오야.

며칠 샜냐?

그냥 잘 수
있을 때 잤어.

그래 보인다.

하하,
속눈썹 붙은 거 봐.
이제 들어가서
푹 자.

고마워….

뭐가?

나 졸 때 깨워주고, 필기도 보여주고…

뭘 그런 걸로. 정 그러면 나 밥이나 한번 사줘.

…요즘은 행정실 안 가?

응.

형이 요즘 너 안 온다고 하던데….

은오가 많이 도와줘요.

응? 그러고 보니 그 친구 요즘 통 못 봤네.

휴학했나 했네.

음… 과대도 아닌데 내가 계속 가는 것도 좀… 그렇지?

음…

야,

야!

펑

밤 샜냐?

어? 아~ 나도 그런 줄 알았지! 연락 끊기고….

근데 오늘 또 얼굴 보니까 아주 아닌 것도 아닌 듯? 흐헷.

봤지? 방금 지예 누나가 또 보자고 한 거?

저거 방학 때도 보잔 거 맞겠지? 잘될 삘 아니냐?

끝난 줄 알았는데….

흐흐, 방학 동안 누나랑~

……

야, 이…! 지은오 미친아—!

얼굴에 짜장 묻은 걸 말 안 해주면 어떡하는데~~!!!

아, 너 얼굴 안 봐서 몰랐다.

개… 개자식아~~!

성적 조회 일자

허어엉~.

저 해냈어요.
A 3개…
맞아왔어요!

그래. 나도
졸업했어.
우리 영원히
깨지 말자.

꿈 아니고
진짜예요.

어어, 나도
진짜 같다.

진짜라고요!

이거 보세요!

뭐지? 교수가
노망 났나.

같이
봐요.

너무 기뻐….

응? 잠깐만.
이거….

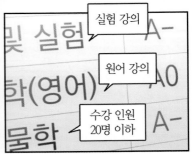

실험 강의

및 실험 A-

원어 강의

학(영어) A0

수강 인원
20명 이하

물학 A-

*전부 A 50%

약소옥….

아, 알았어!

에라, 어차피 처음도 아닌데 뭐 어때.

쪽.

~~~!!

!

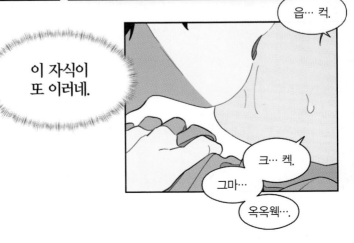

읍… 컥.

이 자식이 또 이러네.

크… 켁.

그마…

옥옥웩….

그리고 소원은 내가 해주기로 한 거였잖아. 넌 가만있어. 이리 대.

네….

—라고 호기롭게 말했지만

키스는 대관절 어떻게 하는 것이란 말인가?

늘 이랬던 걸로 봐선 얘도 키스하는 법 모르는 것 같은데

건강 하세요~

나도 마찬가지야.

이런 거밖에 생각 안 나….

Q. 키스는 어떻게 하나요?
   남친 뻑가게 해주고 싶어용

A. 알파벳 아시죠?
   혀로 알파벳을 순서대로 쓰시면 됩니다.

젠장, 내가 경험 없는 건 얘도 안다지만 너무 서툰 건 창피한데.

그러고 보니 이 자식, 1학년 때 일반 화학 수강 안 했지….

그렇게
우진형은

혀로 주기율표를
쓰기 시작했다.

송우윤의 수능
과학탐구 선택 과목은
생명과학과 화학이다.

......

수소, 헬륨…

탄소까지만 하고 떼자.

얜 좋은 거 맞나? 이게… 좋나?
그냥 입안 핥는 거 아냐?

이걸 키스라고 해도 되나?

경험도 없는 놈들 둘이서
혓바닥으로 장난치는 거지, 이게.

이 행위에 무슨 의미가 있다고.

그냥 따뜻하고, 부드럽고

아까 차 마시더니.
캐모마일? 뭐 그런 건가?

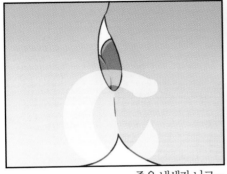

좋은 냄새가 나고….

잘 어울리네.

이제 그,
읍…!

*질소

???너, 너…
뭐 하는,

? 어?
탄소 다음에
질소, 맞는데.

너, 너.
주기율표도
알아?

당연하죠.
중고등학생 때
배우는 건데.

그, 근데
학점이
왜 그래?

형의 진심을
물어보려고
했는데…

굳이 말로 하지 않아도
알 것 같아.

23
장난감

학교 앞에 성인용품점 들어온다더니 그게 하필 여기냐!

여기 허니브레드가 맛있었는데.

어, 이거 성인용품점이야?

오픈하면 나랑 같이 구경해 볼래?

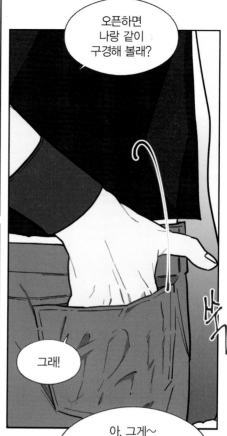

그래!

나 성인용품점 한 번도 안 가봤어.

그래?

아, 그게~ 과외라고 하니까 거창한데 그냥 내가 학점이 별로라 형이 공부 도와주고 있어.

아~ 하긴 둘이 전공이 같지?

카페는 여기 가자. 과외 받을 때 가봤는데 넓고 괜찮아.

웬 과외? 토익 준비해?

내가 요령이 없어서….

하하, 네가 살짝
둔한 편이긴 하지.

공부 봐주는 거 좋다.
조교님도 방학이라
조금 한가하겠네.

대학원이랑 일이 겹쳐서
많이 힘든가 봐.
학기 중반까지는
형도 밝고 활기찼는데

헤이 거기 이쁘니,
변기에 앉고 싶니?

그럼 날
한번 뚫어봐!

낄낄.

대학원

아니…
형은 오히려 더
바쁜 것 같아.

학기 말부터
눈에 띄게
웃음을 잃었어.

밝고
활기차?
조교님이?

요즘은 거꾸로
기어다니지도 않고
이상한 것도 안 보고.

음?
의젓해진 건가?

야. 적당히
지레짐작하지 말고
확실히 물어보라고.

하… 참견
안 하려 했는데
못 들어주겠네.

진석이
안녕~.

자퇴해.

이렇게 고등학생처럼
떠먹여줘야 한다는 건
공부가 적성이
아닌 거야.

우리 연구실 오지 마.
그 머리통으로 피펫
하나 건들지 마.

ㄱㅇㅇㄱ

하나님, 이 악귀를
죽여주세요.

좀 저리 가요!
공부는 승범이 형이
봐주는데 왜 저래?

쉬는데 옆에서
멍청한 소리가
들리잖아.

아악! 진짜
이상한 형이야!

진형 오빠 입 여니까
또라이 같아서 좋다.

웃겨.

185

김씽
윙윙

이석아, 뚝 해.
준형이가 요즘 지쳐서
예민해져서 그래.

넌 따로 개인
일도 하고 있다면서.
교수님 일 자잘한 건
좀 이리 넘겨.

제 일은
제 사정이고요.

번역 일은
아무래도 제가
해야 하고

강의자료는
앞으로도 계속 쓸 건데
중간에 스타일 바뀌는 건
보기 안 좋죠.

진혁아,
완벽주의도 좋지만
그건 건강을 챙기는
선에서의 얘기지.

너 요즘 많이
지쳐 보여.

쫘ㅡ.

…제가 알아서
할게요.

저게 뭐야.

어?
오픈했다.

이런 미친~!

PINK♡STORE

흉측!

누가 학교 앞에
이런 걸 만들어?!

뭐 어때요.
대학가고 학생들
다 성인인데.

말세다, 말세.
대로변에 저렇게
대놓고 남사스럽게.

어린이도 타는
지하철에서 하자던
사람도 있는데 뭘~ 요.

삐죽

뭐? 야, 그게 같냐?
내가 진짜 했어?
당연히 농담이지 그건!

털털

형은 맨날
저런 거 나오는
만화 보면서.

털털

이게… 만화랑
현실이 같냐?

노, 농담한… 거잖아.

이런 델 어떻게 가, 이렇게 밝고 사람도 많은데…!

이제 장난 안 칠게. 가자.

앗, 형!

같이 가요.

사실 아직도 형을 잘 모르겠어.

장난을 좋아하는
유쾌한 사람인가 하면
또 융통성은 없고

형, 무리하지
말고 마감 일정
늦추면 안 돼요?

안 돼. 교수들
게으른 인간 싫어해.
먼저 자.

나랑 만나는 게
신기할 정도로
보수적이고

사내 새끼가
뭔 귀걸이야!
지가 연예인이야?

대학 졸업은 해야지.
공부도 못 참고 관둬서
일은 어떻게 할래?

제 아버지도
젊을 때 대학
자퇴하셨는데….

같냐? 그분은
요리 천재잖아.

별 이상하고 야한
제정신 아닌 영화랑 만화는
아무렇지 않게 보고
농담거리로 삼으면서

이런 플레이?
함 가봐?
어? 해줘?

형, 이러지
마세요….

정작 그런 상황이
닥치면 당황하면서
회피해 버린다.

하지만 동시에,

어떻게 그람 양성균 음성균 차이도 몰라? 자퇴… 됐다. 검색해 봐.

네, 형!

종합소득세

비엘

게이

동성 연애

남자한테 고백

……!

형 나름대로 진지하게 생각해 주는 것도 알겠어요.

허술해…. 귀여워….

최근 검색 기록 삭제.

형이 어떤 마음으로 저랑 만나고 있는 건지 모르겠지만

이거 하난 확실히 알아요.

형은 잘 모르겠지만

형도 저를 좋아한다는 거.

같이 가요, 형!

형은 절 꽤 좋아하고 있어요.

형은 이제
절 더 좋아하게
될 거예요.

불안한 마음보다
좋아하는 감정이
더 크게 해줄게요.

이건 남의 일도
농담도
아니에요, 형.

형이 장난으로
하는 말들,

불편한 상황을
벗어나려고

저를 달래려고
선심 쓰듯 하는
다정한 말들도

전부 형의
진심이 될 거예요.

곧 저한테 빠져서
못 헤어 나오게
될 거예요.

그때까지 천천히
기다릴게요.

─라고
생각했는데.

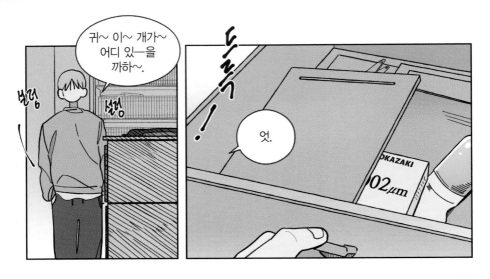

24
폭풍전야

형,
이번 주 일요일
형 생일이에요!

나? 아… 그래.
벌써 6월이
다 갔구나.

일요일에
같이 영화
보러 가요!

아…

아~ 역시 영화는
너무 길어서 좀 별로네요.
둘이 같이 외식하고
분위기 좋은 카페 가요!

요즘 같이 카페 가도
형 일하면서
저 공부 봐주느라
못 쉬었잖아요.

어…

대학원에 일에,
형 바쁜 거 알지만…
그래도 그날은 형
생일이잖아요.

둘이 같이 다니면서
여유롭고 느긋하게
보내고 싶어요.

저희 100일 기념일도
못 챙겨서 아쉬웠거든요.
아, 이런 말 너무 철없어
보이는 거 알지만….

으아아악.

전에 한가해지면 같이
어디 다니자고 했었는데
형은 계속 바빴잖아요.
학기 끝나고도 바쁘고.

음, 그래도
형 너무 바쁘면
억지로 무리해서
시간 내지 않아도….

그래, 일요일!
까짓 것,
같이 나가자!

어우, 쓰레기 썩은 내!

미안, 금방 나갈게.

APOPTOSIS

이 오빠 왜 저래?

외롭다고 나 좋다는 순진한 애 만나면서 실컷 이용만 하고 방치하다니.

난 쓰레기야….

드디어 깨달았구나, 형!

TOSIS

이제라도 회개하면 꺄아악.

양심이 있다면 이러면 안 돼.

아악! 신께서 지옥에서 형 육신이 cell 단위로 찢기는 벌을 내릴지어다.

나도 우유니 마음에 어느 정도 보답해야지.

닥쳐, 종교도 없는 게.

쓰레기 등장―

미쳤나?
이걸 어떻게
잊었지?

아냐, 별거 아냐.
강의자료 템플릿 그대로
주요 내용만 요약하면
3시간 안에 끝날 일이다.

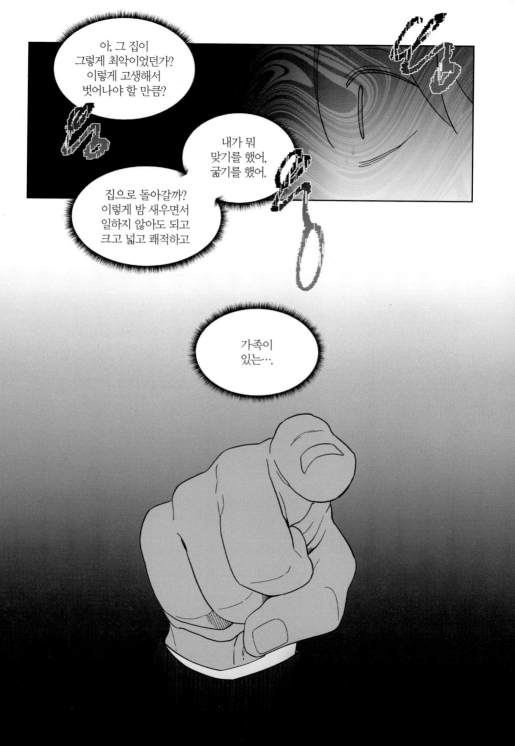

별 병신
같은 게…

이거 마시면서
하세요.

어,
아직 6신데
더 자지, 왜.

잠이 잘
안 와서요.

형만 괜찮으면
저도 여기
같이 있을게요.

전부 다
잘될 거야.

고마워….

―그럴 줄 알았으나,

일요일
9:00AM

뭐야, 이거
왜 이래.

화이트 스크린

달칵

달칵~

달칵

일요일
10:00AM

날아갔다~.

왜 이래, 제발.
왜 먹통인데.
제발…! 개자식아!

형, 컨디션 어떠세요?
눈 좀 붙이고
같이 나갈까요?

못 나가…

다 끝났어. 특강도 망하고
교수님 신임도 잃고 교수님들
사이에서 다 소문 돌아서 일도
죄다 끊겨서 집으로 돌아가서
아버지한테 식충이 취급이나
받다가 죽을 거야.

으왓, 뭐야.
무서워! 왜 그렇게
극단적이에요?

형 그거 며칠째
잠 못 자서 그래요.
일단 한숨 자세요.

네?

못 간다고…
노트북 맛 가서
밤새 한 거
다 날아갔어.

헉! 형
괜찮아요?

아니.
죽고 싶어.

특강이 당장이죠?
그거 간단하댔잖아요.
일은 양해 구해서 좀
미루고 그것부터…

무슨 소리야.
차 교수님이 얼마나
엄격하신데
뭔 일을 미뤄.

그, 그렇긴 하지만
차 교수님 질문도
잘 받아주시고…

215

집 나와서 돈, 돈, 거리면서 일한다고 연구도 시원찮아, 교수님이 사정 봐주셔서 남들보다 편히 일하면서 그마저도 제대로 못해.

아버지 말이 맞았어…

차 교수님 것도 중요한 건인데… 일도 다 교수님들 소개로 받는 거야. 이 바닥에서 평판 망하면 바로 끝이라고.

등신, 등신. 젠장, 뭘 어쩌겠다고 집을 처나와, 나오길…

하… 대학원도 일도 다 개같이 망했어. 내가 죄다 조졌어.

내가 뭐라도 할 수 있을 줄 알고, 등신 같은 게 주제도 모르고…

형, 지금 인생이 끝난 것처럼 절망하는데, 제가 보기엔 이거 그렇게 큰일 아니에요.

파일 날아간 게 형 잘못도 아니고. 일 한 번 제때 못 했다고 사람 어떻게 안 돼요.

형 며칠을 밤새서 그래요. 자고 일어나면 진정될 거예요.

아직 오전이고 시간 충분해요. 일단 좀 자고 일어나서 급한 PPT부터 해결해요.

저도 도와줄게요. 데이트는 나중에 하면 되니까…

217

무서워요….

......

!

우악!

형…

헉?

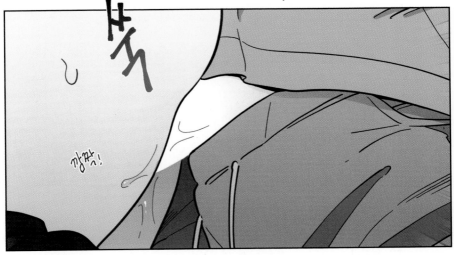

……!?

허벅지에….

야.

25

드디어
폭풍!

가만있어 봐….

다리 모아.

233

대학원도 일도
조진 김에 나랑도 아주
조져보겠다 이거야?

**정신 좀 차려라,
제발!!!**

내가 뭐
얼마나
귀찮게 했어!

사귄 지 4달인데
하루 온전히 다
나한테 준 적 없잖아.

아아.

바틀

흥칫

바틀

허윽.

장난만 치고 조금만
진지해지려 하면
피해버리고.

최근 들어 더
매몰차게 굴고
날 막 대했잖아!

요, 요즘
갑자기

표정도 차갑고,
말투도 무섭고…!

너한테 난 뭐야?

바쁠 땐 내버려 두다 너 좋을 때 장난치면 받아주고 서러운 일 있을 땐 위로해 주고

너 힘들 땐 이렇게 막 대해도 실실 웃으며 넘어가 주는 얼간이? 그런 게 되겠냐?

해도 해도 너무해…!

너도 날 어느 정도는 좋아하는 게 맞다고 확신했는데…

이럴 때마다 또 불안해…!

아아아아.

내 학점이 구려서 정 떨어졌어?

2.9라서?

237

난, 난 너….

맨날 미친 짓만 하지 말고 제발 대화를 좀 해, 이 또라이야! 겁쟁이, 졸렬왕!

아니지? 좋잖아! 맞지?

그래서 잘생겼다 해주고 위로한다고 가슴도 비벼주고

흐어어.

나 삐치면 뽀뽀도 해주고 그런 거잖아!

받아줬으면 책임지고 최선을 다하든지, 자기 좋을 대로만 하고!

그래도 난, 난 기다리려고 했는데….

이럴 계획이 아니었는데….

넌 매일 피하고 멀어지고

자포자기 심정으로 나를 막 대하기나 하고!!!

사람이 왜 이렇게 꼬였어!

제발 좀 솔직하게 굴어!

......

티,

티…나?

—흐윽,

틀썩

끽!

틀썩 쓱

흐끕.

훌쩍!

ㅡ큽,

넌, 넌 뭐든
할 수 있잖아.
좋은 가족도 있고
성격도 좋고

요리도 잘하고
잘생겼고 싹싹하고
친구도 많고…

245

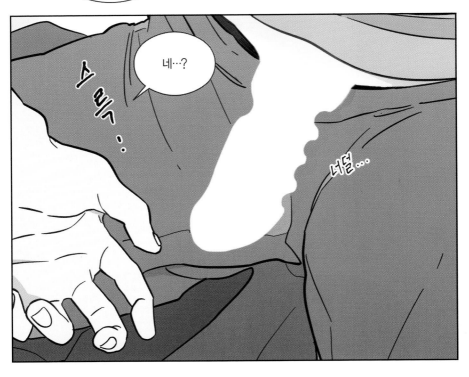

26 다정하는 법

과묵하고

신중하고
침착하고

호이.

우, 우와.

근데 난 너한테
본성 다
까버렸잖아.

그땐 너한테
잘 보이고 싶은
마음도 없었고…

어른스러운….

씰
룩

씰
룩

어디 한번
엿 먹어보라고 더 오버해서
이상한 짓 하고
놀리고 그랬는데

251

그럼
그 이상한 짓
했을 때는…

다 장난이었고
절 안 좋아하고
있었다는 거예요?

응….
실망했어?

솔직히
제정신인가 싶긴 한데
이젠 괜찮아요.

이, 이제
어떻게 돼…?

바지입어요.

네?
뭐가요?

내가 너한테
못되게
굴었잖아.

막, 억지로
그렇게…
개자식처럼.

이제 네가 평소에
잘해주던 남자로
갈아타거나

내가 네
발닦개가 되는
스토리야.

안 헤어지면
안 돼…?
후자로 해줘….

잘∨빨게….

뭐라는지
모르겠어요.

255

이제부터 제가
그 사람이
되어줄게요.

형, 이
다음 스토리
알려드려요?

토닥

형이 일단
푹 자고 일어나면
지금 걱정하는 일들은
전부 해결돼
있을 거예요.

아무것도
끝나지 않고
망하지도 않아요.

그럼 저랑
영화도 보고
맛집도 다니면서
노는 거예요.

네가
너무 좋아져서
무서워….

월요일
8:00AM

너덜...

해냈다.
특강 PPT···.

형은 3시간짜리라고 한 PPT. 일요일 오전부터 지금까지 한숨도 못 자고 낮은 퀄리티로 완성.

효율
완전짱!

형은
못 일어나네.

쌕-

쌕-

거의 사나흘을
못 잤으니까.
자게 냅두자.

벌
떡

쾅!

나도 얼른
할 거 하고
자자!

안녕~.

오늘 우윤이 근로하는 날이던가?

아뇨, 우 조교님이 몸이 안 좋아서 지금 못 일어나셔서요. 말씀 전해드리려고 왔어요.

어머, 웬일이야. 많이 안 좋아?

괜찮아. 방학이라 지금 일도 없어. 푹 쉬고 오라고 해.

감사합니다!

탁

랩쌤...

랩쌤...

탁

미생물학 조교님!

오, 이게 누구야. 18학번 청일점이잖아?

안녕하세요.

종강했는데 무슨 일이야. 이름이 뭐였더라? 아주 예뻤는데.

그, 사막 이름이었는데?

아, 맞습니다.

친구들이 그렇게 불러서!

조졌다···.

뎅―···

월요일
10:00AM

외주 일만 잘리고 끝날 것을
그 난리를 치고 늦잠까지
푸지게 자서 조교 일도
대학원도 지각하고
아주 난리가 났다~.

이게
인간이냐?

거기다 송우윤도···
엄청 화났었지···.

모든 신경이 거시기로 쏠려서
무슨 대화를 했는지 정확히 기억은 안 나지만.

MHC 10:06 ✉

채팅

윤승범스케
몸은 괜찮아?

오은하
오빠, 미팅시간 늦췄~

이성 선생님(행)
진형쌤 푹 쉬고 ~

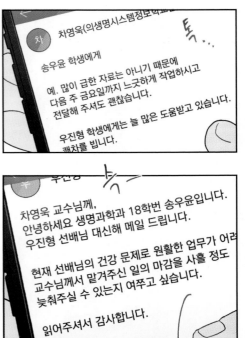

차 차영욱(의생명시스템정보학교

송우윤 학생에게

예. 많이 급한 자료는 아니기 때문에
다음 주 금요일까지 느긋하게 작업하시고
전달해 주셔도 괜찮습니다.

우진형 학생에게는 늘 많은 도움받고 있습니다.
쾌차를 빕니다.

우진형

차영욱 교수님께,
안녕하세요 생명과학과 18학번 송우윤입니다.
우진형 선배님 대신해 메일 드립니다.

현재 선배님의 건강 문제로 원활한 업무가 어려
교수님께서 맡겨주신 일의 마감을 사흘 정도
늦춰주실 수 있는지 여쭈고 싶습니다.

읽어주셔서 감사합니다.

송우윤 올림.

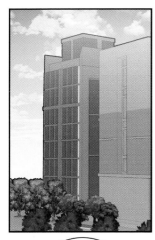

늦어서
죄송합니다.

괜찮아요.
나도
방금 왔어요.

오빠, 몸은
괜찮아?

저, PPT는 조금만
더 시간을 주시면,

아! 특강
PPT부터
볼까요?

예?

흠.

딱딱

음~?

진형 오빠
평소 하는 거랑
많이 다르네?

뭔가 널널하다고
해야 하나.

딱딱

내용
너무 없다.

흠.

딱딱

특강 진행하는 사람
의견이 제일 중요하지.
은하 양이
보기엔 어때요?

전 좋은데요?

진형 오빠 거라
너무 어렵지 않을까
했는데 딱 좋네.

힘 너무 뺐어.
아무리 고등학생 대상이라도
저런 건 인터넷
좀 찾아보면 다 나와.

273

그래서 애들이
찾아봐?
안 본다니까?

말이
통강아지.

우리 생공 강의 가는 거
아니고 이쪽 분야
소개하러 가는 거야.
고등학생이라고, 오빠.

석사 이름값이 있지.
저런 건 학부생
새내기도 해.

아니, 고딩들한테
1시간 동안 이해도
못 할 전공 얘기 늘어놓는 게
무슨 의미가 있어?

네가 쉽게
가고 싶은 건
아니고?

음~ 나도 애들
눈높이에 맞게 가는 게
좋다고 생각하는데.

진성이 네
생각은 어때?

하는 건
나랑 승범 오빠야.
이대로 가자.

내용은 청중을
고려해 간단한
편이 좋겠어요.

274

교수님께서 주신 거,
오전에 내가 일부
번역해 봤어. 어때?

괜찮으면 앞으론
이렇게 작업해 보자.
내가 하고 네가
다듬는 식으로.

수능이랑 토익이
전부인 영어라
네가 보기엔
많이 부족하겠지만.

아뇨….

감사합니다.
고칠 것도
별로 없고…

이러면 제가
처음부터 하는 것보다
시간도 훨씬 줄어요.

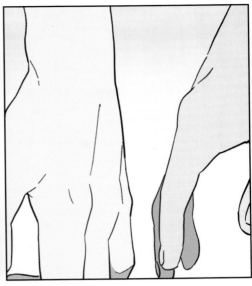

형.

아직
학교인데요…

을먹…
알 게 뭐야.

형, 쉬고 계세요.
오늘은 설거지
제가 할게요.

무서워요, 형.

바로 어제
그런 짓을 해놓고 또
이런 생각이 드냐?

싫어어억.

우진형
이~ 짐승 새끼야!

그렇게
함부로 대하고
상처 줘놓고

쟤한테
그런 짓거릴
또 할 순 없어.

이렇게 될 줄
알았다면 그런 짓은
안 했을 텐데.

아, 우진형
이 쓰레기.
후회된다.

또 울리고
싶지 않아….

어쩔 수 없지.

내가 연상
후회공으로서
응당 바텀이
되어야 한다.

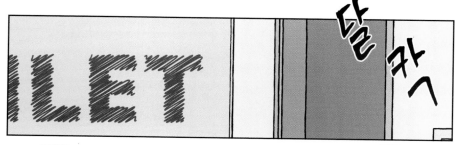

ILET

달칵

송우윤.

네~.

사각

사각

아직도 나랑 자고 싶어?

히, 에엑.

네? 뭐라고 한 거예요?

그 난리를 피웠는데도 아직도 나랑 하고 싶냐고.

네, 네…. 그야… 그렇죠.

준비… 다 됐다.

여러 가지 의미로.

28
내 로망은 너야!

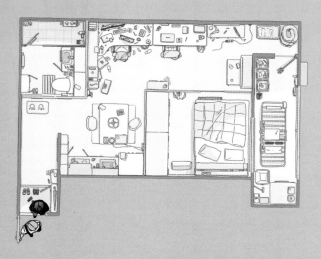

준비했다니, 뭘?

뭐머ㅁ멀뭐ㄹ뭘
준비했다는 건데요.

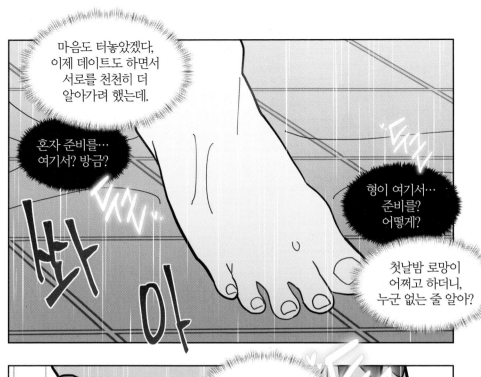

마음도 터놓았겠다, 이제 데이트도 하면서 서로를 천천히 더 알아가려 했는데.

혼자 준비를… 여기서? 방금?

형이 여기서… 준비를? 어떻게?

첫날밤 로망이 어쩌고 하더니, 누군 없는 줄 알아?

나도 좋은 곳 좋은 분위기에서 마음의 준비도 하고 좀 멋지고 여유롭게 하고 싶다고!

설마 형 손… 으로? 형이???

갑자기 대뜸 혼자 준비 끝났다고 저러면 난 뭐, 무조건 예스인 줄 아나?

299

이대로
어떻게 자냐?

아래가
이상해서….

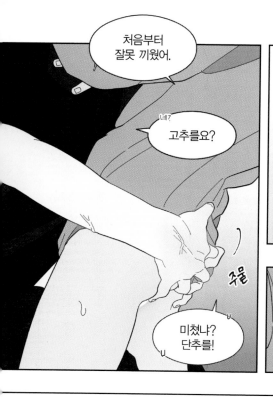

처음부터
잘못 끼웠어.

네?
고추를요?

주물

미쳤냐?
단추를!

누, 누워서.
이게 원래 누워서
하는 건데.

야, 놓지
말아 봐,

꽂은 채로
나 떨어뜨리면
안 돼!

형 그냥…
휴, 됐다.
네, 누워보세요.

팔락 씩

휴….

형….

저 조영제 맞은 것 같아요….

그, 그래? 난 잘 모르겠, 어.

조금 숨 쉬는 게 힘든 것 같기도….

천천히, 천천히 움직여 봐.

눈을 마주 보고

손을 잡으면서

서로 고백하는 거예요.

…아!

오늘 5시 반에
끝나지?

네.

당연하지.
오늘 안에
다 끝낼 수 있어.

남아도 전에
대타 뛰어준 거 빌미로
범스케 시킬 거야.

할 일은 이제
괜찮아요?

뭐야.

……!
표정 관리 안 되게
하지 마~!

3권으로 계속

BONUS

빠

아

아

아

아

아버지…

쫘

아

아

아

제가 그걸 해요…

인류는 왜
이런 행위를
욕망하게끔
설계된 걸까.

탁

특히 내 경우는
번식도 불가능한데
대체 뭐 때문에.

제대로 준비하려면
내 손으로 해당 기관을
이완시켜야 한다.

하지만…! 뭔가
제대로 하고 싶어.

이런 생산성 없는
음란 행위를 위해
내 존엄성을 해하는
수고를 해야 한다니.

정신이
붕괴될 것 같다.

그동안
말만 사귀고
동거하는 거지,

제대로 된 데이트
한 번 안 해,
연인 간의 교감?
그런 것도 없었어!

이게 친구랑
다를 게 뭐야?

고백받아서
어영부영 같이
있는 게 아니라

우리 관계가
진짜라는 쐐기를
박고 싶다고!

323

좋아, 가자!

*뇌내 이미지

배이삭

나이: 25세
학부 4학년 인턴

윤승범

나이: 29세
석사 1학년 조교

오은하

나이: 25세
석사 1학년 조교